Analyse de l'œuvre

Par Florence Casteels

Né sous une bonne étoile

Aurélie Valognes

lePetitLittéraire.fr

Analyse de l'œuvre

Par Florence Casteels

Né sous une bonne étoile

Aurélie Valognes

lePetitLittéraire.fr

Rendez-vous sur lepetitlitteraire.fr et découvrez :

Plus de 1200 analyses
Claires et synthétiques
Téléchargeables en 30 secondes
À imprimer chez soi

NÉ SOUS UNE BONNE ÉTOILE

UN ROMAN *FEEL GOOD*

- **Genre :** roman
- **Édition de référence :** *Né sous une bonne étoile*, Paris, Mazarine, 2020, 340 p.
- **1re édition :** mars 2020
- **Thématiques :** l'école, l'échec, le décrochage scolaire, la banlieue parisienne, la famille, l'espoir

Dernière œuvre publiée par Aurélie Valognes, *Né sous une bonne étoile* appartient à la littérature contemporaine et a séduit le public dès sa sortie. Véritable roman *feel good*, il retrace les épreuves de la vie d'un jeune garçon rêveur qui ne perd pas espoir malgré les obstacles.

Dès son entrée à l'école élémentaire, Gustave Aubert s'est en effet senti différent. Souvent dans la lune, discret et passionné par les animaux, il peine à rester concentré en classe et récolte les mauvais points. Malgré ses efforts et le soutien de sa mère, Gustave ne cesse d'être comparé à sa grande sœur, Joséphine, élève brillante. Les professeurs le prennent pour un cancre et un fainéant et ne s'empêchent pas de le lui faire comprendre. Peu à peu, Gustave perd confiance en lui et en tout adulte censé l'aider à apprendre. Au collège pourtant, Mlle Bergamote croit en ses capacités et le prend sous son aile. En décrochage scolaire et perturbé par le divorce de ses parents, Gustave accepte son aide et découvre ses talents d'orateur.

AURÉLIE VALOGNES

ÉCRIVAINE DE BESTSELLERS

- **Née en 1983 à Châtenay-Malabry (Hauts-de-Seine)**
- **Quelques-unes de ses œuvres :**
  - *Mémé dans les orties* (2014 en autoédition, puis édité en 2016), roman
  - *Minute, Papillon !* (2017), roman
  - *Au petit bonheur la chance* (2018), roman

Aurélie Valognes, issue d'une famille modeste, met rapidement de côté son rêve de devenir écrivaine pour faire des études commerciales. Elle passe sa jeunesse à Massy (Essonne) jusqu'au jour où elle suit son mari à l'étranger. Arrivée à Milan, en Italie, après avoir démissionné et laissé ses habitudes derrière elle, elle retrouve gout à l'écriture à presque 30 ans.

En 2014, elle publie son premier roman en autoédition, *Mémé dans les orties*, et rencontre le public. Deux ans plus tard, il est édité au Livre de poche et proclamé bestseller de l'année 2016. Depuis lors, Aurélie Valognes revient chaque année avec un nouveau roman à succès sur divers thèmes de société. En 2020, elle publie *Né sous une bonne étoile* à propos de l'échec scolaire et de l'éducation nationale.

RÉSUMÉ

UNE FAMILLE MODESTE

Dans la banlieue sud de Paris, la famille du petit Gustave vit au septième et dernier étage d'un HLM. L'ascenseur y tombe souvent en panne et personne ne semble se soucier de le réparer rapidement. Les jeunes du quartier sèchent le plus souvent l'école et il n'est pas rare d'y subir des agressions ou des vols.

Gustave, ou Gus-Gus, est le petit dernier de la famille. Sa mère, Noémie Aubert, se soucie grandement des études de ses enfants et s'occupe de tout à la maison en plus de son boulot d'aide-soignante. Son père, lui, travaille beaucoup et rentre tard sans trop se soucier de la vie familiale. Joséphine, la grande sœur de Gustave, est très intelligente et toujours première de classe.

LE FAUX DÉPART

Ce jour-là, c'est la rentrée des classes pour les enfants. Joséphine entre en CM2, Gus-Gus au CP. Pour Gustave, les choses sérieuses commencent à l'école. Il veut rendre sa mère heureuse et lui ramener des bons points. Pourtant, installé au fond de la classe, il est incapable de rester attentif bien longtemps et se perd dans ses pensées. Dès le premier jour, Gustave reçoit une punition pour avoir osé rêver pendant le cours. Son professeur, M. Émile Villette est reconnu pour sa sévérité, sa rigueur militaire et son manque de fantaisie. Ses méthodes d'enseignement n'ont pas changé en 35 ans de carrière et il n'aime pas qu'on fasse le malin avec lui.

LA DESCENTE AUX ENFERS

À la maison, Gustave préfère omettre sa punition à sa mère pour ne pas la décevoir. Très vite, ce secret commence à le peser et il craint de commettre une nouvelle erreur. Dans le même temps, Gus-Gus n'a pas d'amis en classe et est harcelé par la brute de l'école, Sekou.

Gustave s'applique du mieux qu'il peut dans tous les devoirs et exercices qu'on lui donne. Rien n'y fait, M. Villette en demande toujours plus et explique à sa mère qu'il est beaucoup trop lent. Quelque peu dyslexique – bien que le diagnostic ne soit jamais posé –, la lecture est un vrai calvaire pour Gustave. Il s'acharne pourtant et consacre avec sa mère plus de deux heures chaque soir à ses devoirs. Malheureusement, une simple maladresse de sa part et Gustave reçoit son premier mauvais point. M. Villette le place alors au premier rang à côté de Sekou qui lui réserve des crochepieds à chaque récré.

Bien que rien ne rapprochait les deux garçons, Gustave trouve en la personne de Sekou son premier ami. Comme lui, Sekou aimait apprendre et avait des rêves plein la tête avant que les adultes ne les balayent par des paroles décourageantes. Gustave collectionne les mauvaises notes tout au long de l'année et se retrouve à nouveau au fond de la classe pour le dernier trimestre. M. Villette n'a plus la patience de s'occuper de lui.

Alors que Gustave se noie dans le système scolaire, on l'enfonce encore davantage. On lui reproche de répondre aux professeurs et de poser trop de questions. Gustave se mure dans le silence. Diagnostiqué « trop timide » en CE1, il se sent incompris même quand on essaie de l'aider.

Chez les Aubert, les tensions entre les parents s'accroissent. Le père rentre encore plus tard qu'avant et râle parce que Noémie accorde plus d'importance à son fils et ses devoirs qu'à son mari. Gustave se réfugie souvent dans la chambre de sa sœur où il apprend à jouer aux échecs, pour lesquels il est assez doué. Un jour, il rentre à la maison et découvre que son père trompe sa mère. Obligé de garder ce secret pour ne pas faire de la peine à sa mère, il sera encore plus distrait à l'école.

NOUVELLES DÉSILLUSIONS

Gustave rentre désormais en CM2 dans la classe de M. Joseph Peintureau. Trentenaire anarchiste qui se croit drôle, ce dernier aime faire part des désillusions de la vie à ses élèves. Gustave apprend ainsi que sa famille entière appartient à la classe des ouvriers et des employés. Selon M. Peintureau, le destin veut qu'on reste dans la même case que ses parents pour toujours.

Au lieu de se décourager, Gus-Gus y voit un nouveau défi : prouver à ce professeur qu'on peut échapper à son destin en gravissant les échelons sociaux à travers l'école. M. Peintureau demande toutefois le redoublement de Gustave et ses parents encouragent également cette idée en annonçant leur divorce en même temps. Avec la séparation de la famille, l'enfance insouciante de Gustave prend fin et, bientôt, le père accepte un chantier en Russie et part définitivement.

Pourtant, en fin d'année, Gustave obtient une bonne moyenne de 13/20. Il refuse de s'aplatir à nouveau devant les adultes et se bat pour entrer au collège. Il redouble encore d'efforts et étudie tout l'été avec sa sœur. À la fin des vacances, Joséphine l'encourage et lui affirme qu'il est très doué en français à l'oral.

DANS LA COUR DES GRANDS

Gustave rentre au collège et connait très vite sa première heure de colle pour avoir répondu à un professeur. Les grosses brutes le martyrisent dès le début. Il se sent seul à l'école autant qu'à la maison où sa mère déprime depuis le divorce. Joséphine aussi est découragée et dévalorisée lorsque la conseillère d'orientation se moque de son projet d'étudier à l'université dans la capitale.

La professeure d'histoire, Mme Houche, redonne toutefois un peu d'espoir à Gustave. Elle estime ses élèves et les met assez en confiance pour qu'il ne finisse pas dernier. Il se passionne pour l'histoire et finit dans le meilleur tiers de la classe. Les autres enseignants ne remarquent pourtant pas ses progrès. Pour le Principal de l'école, M. Eugène Pinçard, il faut réorienter le garçon. Il convoque la mère de Gustave et, fatiguée d'entendre des commentaires négatifs à propos de son fils, elle signe sa réorientation pour l'enseignement professionnel. Pour Gustave, cet acte marque l'abandon par sa mère, la seule personne qui l'avait toujours encouragé. Au petit matin, il a pris sa décision : il prend ses affaires et quitte la maison.

UNE RENCONTRE QUI CHANGE TOUT

Mlle Bergamote, professeure de français et référente du décrochage scolaire, a perçu la détresse de Gustave. Elle se porte garante auprès du Principal pour raccrocher Gustave à l'école avant la fin de l'année.

Dans sa fugue, Gustave rejoint un groupe d'enfants déscolarisés et vole un livre dans un magasin. Mlle Bergamote arrive alors au bon moment et le sort du pétrin à condition qu'il accepte de recevoir son aide et de retourner à l'école.

Elle va réussir l'impossible : lui redonner confiance en lui et lui rendre le gout d'apprendre. Pour cela, elle l'emmène dans des associations où elle le place comme animateur devant des enfants. Dans ces classes, Gustave raconte des histoires et se démène pour garder l'attention des petits. Pour la première fois, il se sent à sa place et utile quelque part. Il donne également des cours de soutien scolaire à ces jeunes et leur transmet tout ce qu'il a appris durant ses années de galère. Mlle Bergamote révise aussi toutes les matières avec Gustave et le félicite de ses progrès et de sa persévérance. C'est la première fois que Mme Aubert entend des compliments sur son fils à l'école.

FAIRE ENTENDRE SA VOIX

En 5e, Gustave entre dans la classe de Mlle Bergamote. Ses méthodes d'enseignement sont plus axées sur les élèves et tentent à tout prix de les intéresser. Après un mois de cours, Gustave a déjà des notes au-dessus de la moyenne dans toutes les matières. Cette année, il a même assez confiance en lui pour se présenter comme délégué et être élu.

Présent au Conseil de classe du deuxième trimestre, Gustave reçoit le Tableau d'honneur. Il est heureux, mais, à la fin de la réunion, il interpelle le Principal sur les problèmes dans l'école : l'insalubrité des locaux, les moqueries de certains professeurs au sujet des élèves, la mauvaise nourriture à la cantine. Cette fois, Gustave n'a pas gardé le silence face à un adulte. Malheureusement, en colère, le Principal se venge en racontant à Gustave que Mlle Bergamote ne s'est occupée de lui que pour l'argent. Mlle Bergamote en a assez et démissionne, tandis que Gustave, déçu, décide de changer de collège.

Sur le chemin de la maison, Gustave est brimé par un élève de sa classe. Alors que Joséphine passe bientôt une sélection pour l'université, elle sèche les cours pour tabasser le harceleur de son petit frère. Ses chances dans une grande école en sciences politiques sont ruinées, mais Joséphine comprend qu'elle se dirigeait dans ces études uniquement pour l'élévation sociale et intellectuelle. Elle choisit finalement une orientation qu'elle aime vraiment : le journalisme.

QUINZE ANS PLUS TARD

Joséphine est devenue une grande journaliste reconnue et vit non loin de chez son frère à Paris. Tous deux reviennent dans leur quartier pour l'anniversaire de leur mère et constatent les changements dans la cité.

Gustave se rend dans son ancien collège et retrouve Mlle Bergamote. Les revendications qu'il avait faites au Principal devant le Conseil de classe avant de quitter l'école avaient fait mouche : trois professeurs et le Principal ont été virés, les bâtiments ont été rénovés, Mlle Bergamote a retrouvé sa place. Dans la classe de Mlle Bergamote, Gustave prend la parole et raconte son histoire. Parti à l'internat après le collège, il a commencé à travailler pour lui et non plus pour les autres. Il a raflé les Tableaux d'honneur et découvert sa passion pour le théâtre. Aujourd'hui, il est connu de tous à Paris comme au quartier.

ÉTUDE DES PERSONNAGES

GUSTAVE AUBERT

Gustave a 6 ans au début du roman, il fait son entrée au CP. Garçon discret et rêveur, il n'a que peu d'amis, mais s'entend très bien avec les animaux et aime surtout les oiseaux. Son passetemps préféré consiste à trouver des ressemblances animales à chaque personne qu'il rencontre.

Petit, mince et dans la lune, on l'appelle Gus-Gus – surnom qu'il n'aime pas trop. Il aimerait qu'on lui donne plus de responsabilités et qu'on arrête de le prendre pour un enfant. Il est toutefois maladroit et vite distrait à cause de ses pensées qui fusent dans tous les sens plus vite que ne réagit son corps.

Loin d'être fainéant, Gustave aime apprendre et souhaite faire les choses bien. Curieux de tout, il pose souvent des questions, ce qui dérange les professeurs. Pourtant, les difficultés scolaires le poursuivront longtemps. S'il peine à lire avec fluidité, il est très bon à l'oral. En mathématiques, il parvient aux bonnes réponses, mais oublie d'écrire le raisonnement qui l'y a mené. Son intelligence n'est pas facilement reconnue dans le système scolaire.

Incompris et abandonné par ses professeurs, Gustave va se murer dans le silence pendant un moment. À force d'être traité comme un idiot, il perd confiance en lui et en l'école. Les problèmes familiaux l'affectent également beaucoup dans son parcours scolaire. Bien souvent, il se sent responsable du divorce de ses parents, sa mère ayant passé plus de temps avec lui sur ses devoirs qu'avec son père. Il pense parfois que s'il venait à disparaitre, il ne manquerait à personne.

Selon Gustave, pourtant, le vrai échec est de perdre espoir. Tout du long, malgré quelques courts épisodes d'abandon, Gustave fait de son mieux pour avoir de bonnes notes. Grâce à Mlle Bergamote, il retrouve confiance en lui, mais seule son entrée à l'internat lui permet enfin de travailler pour lui-même et de réaliser ses rêves.

JOSÉPHINE AUBERT

De trois ans l'ainée de Gustave, Joséphine est très intelligente et drôle. Première de classe depuis toujours, elle se montre souvent prétentieuse, égoïste et dictatoriale. Toujours en avance dans tout, lorsqu'elle entre en CM2, elle se comporte déjà comme une préadolescente. Elle n'aime pas le contact humain et rejette les démonstrations affectives.

Bien que Gustave pense qu'elle est indifférente à lui, Joséphine sait se montrer intéressée par ses journées d'école et complimente son intelligence de temps en temps. Elle apprécie par exemple jouer aux échecs avec lui parce qu'il est doué. Elle lui demande également parfois conseil pour des dissertations parce qu'il a de bonnes idées.

Joséphine souhaite grandement avoir une culture générale vaste et élitiste. Elle écoute la radio en permanence et lit des dictionnaires, non par plaisir, mais pour apprendre tout et pouvoir s'en vanter. Elle pense que souffrir un peu sert à se forger dans la vie et se plaint d'avoir trop facile. Pour elle, l'école est une bouée de sauvetage qui pourrait la sortir de la misère intellectuelle dans laquelle sa famille vit depuis toujours. Elle ne supporte pas sa mère qui lui rappelle toujours leurs conditions de vie, mais admire son père qui travaille et, par son absence, la laisse libre.

Révoltée contre sa propre sous-culture, contre le sexisme intériorisé et la médiocrité de leur quartier, Joséphine tente à tout prix de s'élever par l'école. Il faudra attendre qu'elle défende son frère contre son harceleur pour qu'elle comprenne réellement ce qu'elle aime et choisisse un métier qui lui plaise vraiment. Joséphine devient ainsi une grande journaliste reconnue.

LES PARENTS AUBERT

Noémie Aubert, la mère, s'inquiète beaucoup de la réussite scolaire de ses enfants. Il n'y a rien de plus important pour elle, bien qu'elle n'ait pas fait de grandes études. Elle travaille comme aide-soignante à l'hôpital, car elle aime s'occuper des autres. Elle est vite contrariée par son travail comme par son mari. Elle adore son petit Gus-Gus qui, contrairement aux autres, lui montre de l'affection à travers des câlins. Pour elle, ses enfants resteront toujours ses bébés et elle est très fière de leurs réussites.

Le père, lui, est contrôleur de travaux, bien qu'on ne sache pas trop de quoi. Il rentre tard du travail et s'implique peu dans la vie familiale. Fan de musique française, il apprécie surtout Renaud pour son insolence et ses gros mots assumés. Au contraire de sa femme, lui adore sa fille Joséphine pour son intelligence et son humour ; il l'appelle « ma lolita ». D'après lui, Noémie s'occupe trop de Gustave qu'il considère comme un idiot peureux. Le père tente de faire plaisir à Gustave une seule fois et construit un nichoir à oiseau. Il n'écoute toutefois pas les recommandations de son fils et jamais aucun oiseau ne s'y logera.

Lors du divorce, la mère garde les enfants, l'appartement et la pension alimentaire, tandis que le père retrouve sa liberté. Bien qu'il tente quelques retours auprès des enfants, il ne les voit vite plus grandir et finit par partir pour de bon en Russie. Noémie, elle, a du mal à se remettre du divorce et pleure très souvent. Quelque peu dépressive, elle s'éloigne de ses enfants et abandonne Gustave à ses échecs scolaires.

CÉLINE BERGAMOTE

Professeure de français, Céline Bergamote s'occupe également des élèves en décrochage scolaire. À 36 ans, elle aime son métier, mais est déjà fatiguée et exténuée par le manque de moyens dans les écoles. Elle ne peut toutefois se résoudre à abandonner ses élèves qu'elle aime tant. En classe, elle connait le prénom de tous les enfants et essaie toujours de leur montrer qu'ils comptent.

Quand elle était jeune, ce n'était pas une très bonne élève ; elle n'a pas fait d'études supérieures, mais a commencé comme pionne, puis est devenue enseignante. Ses méthodes d'enseignement sont inhabituelles, mais cherchent avant tout à capter et garder l'attention des élèves. Selon elle, l'école ne doit pas seulement inculquer une base de savoirs minimums à tous, mais transmettre le plaisir de la curiosité et de la découverte par soi-même.

Toujours habillée en noir avec son éternelle écharpe grise, Mlle Bergamote introduit des couleurs dans ses tenues à la fin du roman. Après le départ de Gustave, le collège a beaucoup changé et elle aussi. Parmi les nouveaux professeurs arrivés, elle a rencontré son mari et repris espoir en l'éducation nationale.

CLÉS DE LECTURE

LE SYSTÈME ÉDUCATIF

À travers la description de différents types de professeur, Aurélie Valognes présente les bons et les mauvais côtés de l'éducation nationale. Dans un monde où la diversité est une force, la promotion d'un seul type d'intelligence et d'une seule méthode d'apprentissage empêche l'accès à la réussite pour tous.

Le premier professeur que rencontre Gustave est M. Émile Villette. Réputé pour sa sévérité, il a plus de 35 ans de carrière dans le primaire et n'est pas prêt à changer ses méthodes d'un ancien temps. D'une rigueur presque militaire, l'enseignant ne laisse pas la place à la fantaisie ou à la rêverie. En CM2, Gustave a comme professeur principal M. Joseph Peintureau. La trentaine, vivant encore aux crochets de sa mère et à l'hygiène douteuse, l'enseignant utilise rapidement Gustave pour se moquer de lui et faire rire la classe à ses dépens. M. Peintureau fait tout pour le décourager et l'humilie à chaque fois qu'il rend un contrôle dans un ordre croissant de la note la plus basse à la meilleure note. Comme M. Villette, Mme Morel est âgée et aussi coincée dans le système éducatif d'un autre temps. Elle aime la littérature classique par-dessus tout et ne considère en rien ses élèves. Elle en veut aux nouveaux programmes d'être trop indulgents avec les erreurs des étudiants. Le fossé entre sa génération et la leur est trop grand et elle ne fait rien pour le combler.

Ces trois professeurs partagent une présentation assez négative de la part de l'auteure. Leur point commun consiste principalement en leur manque d'intérêt pour les élèves. Tous trois ne jurent que par leurs méthodes et sont incapables de se remettre en question. Décourageants et souvent moqueurs, ils prennent facilement Gustave en grippe sous prétexte qu'il est un cancre.

Outre ces professeurs dévalorisant les élèves, Aurélie Valognes dépeint deux enseignantes de manière plus positive. Mme Houche, professeure d'histoire et géographie, est passionnée et passionnante. Elle est certes stricte, mais toujours juste avec les élèves, car elle les estime et utilise la discipline dans le but de les voir progresser et non pour les rabaisser. Mme Houche est aussi la meilleure amie de Mlle Bergamote qui, comme elle, a une approche respectueuse des élèves.

Ces deux professeures permettent de présenter les problèmes de l'enseignement national d'une manière assez explicite. Toutes deux ont fréquemment des périodes de doute dans leur métier. Bien qu'elles aiment ce qu'elles font, elles sont fatiguées de s'inquiéter pour eux toute la journée et toute la nuit, même en dehors de leurs heures de travail. En outre, elles regrettent le manque de moyens accordés aux classes et aux projets pédagogiques. Elles s'accrochent à leur métier uniquement pour les élèves qu'elles ne peuvent se résoudre à abandonner dans le système. *Né sous une bonne étoile* offre ainsi un parallèle entre la vision de l'école de Gustave et celle de Mlle Bergamote : chacun d'un côté de l'enseignement, l'un et l'autre pensent qu'il s'agit d'un lieu d'apprentissage, certes, mais aussi de souffrance.

Les ratés de l'éducation nationale sont aussi soulevés par le discours de Gustave lors de sa présentation à l'élection des délégués de classe. Il revendique en effet l'accès gratuit à l'école et à des activités récréatives, une alimentation correcte et bio à la cantine, la sécurité pour les élèves et la justice pour tous. L'injustice – scolaire, surtout – devient le sujet préféré de Gustave pour ses dissertations en français. Gustave connait en effet bien ce problème. Pour lui, le système éducatif ne l'a jamais mis sur le même pied d'égalité que les autres élèves. À l'école, afin de pouvoir comparer tout le monde, chacun doit passer les mêmes épreuves et suivre le même parcours. Pourtant, les élèves n'ont pas tous la même intelligence ou la même façon de raisonner.

Ainsi, Gustave rencontre des difficultés scolaires parce que le système n'est pas adapté à ses compétences. Vite distrait, il peine déjà à rester concentré sur les cours, surtout quand les professeurs ne cherchent pas à intéresser les élèves. Quand il se passionne pour un sujet, ses enseignants sont irrités par toutes les questions qu'il leur pose et lui demandent de se taire. En français, la lecture est difficile au début, car il confond souvent les *p* avec les *b*. Fin CM1 pourtant, cette confusion se sera déjà résorbée toute seule. En mathématiques, Gustave obtient les bonnes réponses à l'instinct, mais oublie de noter le raisonnement qui lui a permis de résoudre les calculs. Au collège, la méthode de dictée des cours ne lui convient pas non plus ; il préfèrerait écrire uniquement les mots-clés et les dates dont il a besoin plutôt que de recopier tout et faire comme tout le monde.

Sa réputation de cancre le suit dans son parcours et augmente petit à petit. Alors qu'il fait énormément d'efforts, il se retrouve encore privé de récréations fréquemment pour terminer un devoir. Quand il reçoit de l'aide de professionnels, il se sent encore davantage dévalorisé. En primaire, l'orthophoniste vient par exemple le chercher lui et Sekou devant toute la classe en plein milieu d'un cours. Doutant de lui, l'aide apportée lui fait honte face aux autres élèves et renforce son sentiment d'incapacité.

Pourtant, Gustave est loin d'être inintelligent. Sa mémoire auditive est impressionnante. Il retient facilement ce qu'il entend et, doué pour l'oral, il récite notamment très bien des poèmes. Il possède une grande capacité d'interprétation qui lui permet d'analyser aisément des œuvres littéraires. Gustave est aussi excellent dans la résolution d'énigmes et de questions de culture générale qu'il entend durant les jeux télévisés. Une fois qu'on accroche son attention et présente la connaissance comme un jeu, son intelligence se révèle et les bonnes réponses fusent. Créatif, Gustave a le gout pour l'histoire autant que pour les histoires. Il sait bien parler et raconter, mais aussi jouer avec les mots et les images. Et surtout, Gustave possède une soif d'avancer énorme qui l'aide à toujours persévérer. Sa sœur le compare ainsi au héros de *Martin Eden*, un roman de Jack London, pour sa force de travail à toute épreuve.

Martin Eden de Jack London

Roman publié en 1909 aux États-Unis par Jack London (écrivain et aventurier américain, 1876-1916), *Martin Eden* raconte l'histoire d'un jeune marin issu de la pauvreté qui va tout mettre en œuvre pour se hisser au rang de la classe bourgeoise. Aventurier et travailleur, Martin entreprend ses études pour plaire à une fille de bonne famille, Ruth Morse. Il découvre ses talents d'écrivain et tente de vivre de sa plume. Malgré ses talents, son écriture ne correspond pas à l'élite sociale, car elle sort des carcans établis par la haute société. Trop original, Martin, désormais fiancé à Ruth Morse, se sent forcé de trouver un métier plus honorable et davantage stable pour sa famille. Le couple rompt finalement et Martin rencontre le succès brusquement après la mort de son meilleur ami Russ Brissenden. Les éditeurs s'arrachent alors les textes qu'il n'était pourtant jamais parvenu à publier auparavant. L'ascension sociale lui monte à la tête et se termine brutalement lorsqu'il décide de tout quitter pour vivre au large du Pacifique où il se laisse finalement mourir.

Joséphine subit aussi l'injustice à l'école. Parce qu'elle est bonne élève, les autres enfants se sont beaucoup moqués d'elle au collège. Elle se plaint également des devoirs trop faciles pour elle et du manque d'intelligence de ses amis. Quoique hautaine, Joséphine réclame surtout davantage de défis proportionnels à ses compétences et à son travail.

Malgré ses notes excellentes, les professeurs lui rient au nez lorsqu'elle fait preuve de trop d'ambition.

Le récit de *Né sous une bonne étoile* propose finalement la possibilité d'adapter l'enseignement aux élèves plutôt que l'inverse. Sans revendiquer de nouvelles façons d'interroger ou de construire les examens, Aurélie Valognes présente toutefois des stratégies différentes pour intéresser les étudiants et les accrocher à l'école. Mlle Bergamote renverse ainsi les exercices en demandant aux élèves d'inventer une dictée avec un grand nombre de difficultés ou de préparer un cours à donner devant la classe. Elle se base aussi sur les compétences de chacun et forme des petits groupes de travail où les points forts des étudiants se complètent.

L'argument principal du roman pour aider les élèves reste la confiance en soi. Mlle Bergamote, contrairement aux autres professeurs, tente à tout prix d'ouvrir le champ des possibles pour permettre aux enfants de se projeter dans l'avenir. Elle suit une méthode d'autosuggestion selon laquelle plus on pense être doué et avoir des forces, plus on va en être convaincu et développer réellement ces qualités. L'enseignante laisse ainsi la porte ouverte aux rêves et aux ambitions. Ainsi, plus Gustave a cru en lui-même et en ses rêves, mieux il a réussi.

LA BANLIEUE, PLUS QU'UN DÉCOR

Bien que le sujet du livre ne soit pas la banlieue parisienne ou la vie de cité, l'histoire est indissociable de ce contexte. Sans être exposée de manière explicite à tout bout de champ, la banlieue se fait sentir à travers diverses thématiques.

Dans ce décor aux couleurs grises (béton, fumée, manque de verdure, etc.), la délinquance est fréquemment montrée. La famille Aubert est ainsi habituée aux projectiles lancés par les adolescents de leur immeuble qui font l'école buissonnière. D'autres soucis les préoccupent régulièrement comme le vandalisme de leur cave, un vol dans leur appartement ou des voitures brulées en bas de chez eux. Lorsque Gustave fugue pendant une journée, il rejoint un groupe d'enfants qui parlent en verlan et volent dans les magasins. Quelques jeunes déscolarisés s'en prennent également à lui sur le chemin du retour de l'école, ce qui l'oblige à faire un détour tous les jours pour les éviter.

La vie en banlieue s'accompagne également de précarité. Chez les Aubert, cela se ressent bien par les lasagnes surgelées, le vin bon marché ou les courses au Lidl. Le lecteur sent que la famille fait attention à ses dépenses. Pour autant, les Aubert ne manquent de rien. Ils possèdent un ordinateur familial, chaque enfant a sa propre chambre et Gustave reçoit un nouveau pantalon en cadeau pour ses bonnes notes en 5e. La famille part également chaque été en vacances à la mer, bien qu'ils n'aillent pas bien loin.

La précarité est également intellectuelle dans le quartier et se ressent surtout à travers la vision de Joséphine. Elle se plaint en effet souvent de la sous-culture qui les conditionne. Contrairement aux gens des beaux quartiers, quand elle entend le mot « Otis », elle pense à la marque de leur ascenseur et pas au jazzman célèbre Otis Redding, par exemple. Chez ses grands-parents paternels, elle ne supporte pas les vieilles mentalités sexistes, l'ignorance et la télévision allumée sans arrêt. Elle râle également à cause du manque d'activités culturelles dans la cité. Elle souhaiterait faire de la musique, du théâtre ou du sport, mais il n'y a pas de cours près de chez elle.

Tandis que Joséphine s'insurge contre l'inégalité des chances selon le quartier dans lequel on vit, Gustave s'indigne du soi-disant destin qui empêcherait quiconque de quitter la cité. Tous deux prouveront à la fin du roman que rien n'est déterminé d'avance en partant à Paris pour réussir dans la vie.

Malgré tout, le sentiment d'appartenance au quartier est fort chez Gustave. Bien que harcelé régulièrement, il n'a jamais craint de sortir de chez lui ni de croiser des délinquants. C'est son environnement naturel et il sait combien la cité fait partie de lui autant qu'il fait partie d'elle. Quinze ans plus tard, alors qu'il réussit sa vie à Paris, il se sent encore comme chez lui dans le quartier où il a grandi. Il se rend compte que venir d'un milieu populaire est une chance. Même s'il n'a pas eu la vie facile, la banlieue lui a appris la persévérance et le travail acharné ainsi que le courage de croire en ses rêves. Gustave est fier de son quartier et des gens qui y vivent.

Loin de sombrer dans les stéréotypes d'une cité violente et dangereuse, Aurélie Valognes offre un regard authentique sur la vie quotidienne en banlieue. Certes, les délinquants et la précarité existent, mais cela ne représente pas toute la réalité de ce milieu. Le quartier est avant tout le lieu du quotidien d'une famille heureuse et aimante malgré les épreuves. La présence de l'école tout au long du roman déjoue aussi les habituels clichés de déscolarisation en banlieue. Finalement, l'auteure montre que vivre et provenir d'une cité n'est en rien synonyme de malheur plus qu'ailleurs et peut même constituer une chance pour les personnages.

UN ROMAN D'ESPOIR

Né sous une bonne étoile s'inscrit dans la lignée du roman contemporain. L'intrigue se développe dans le monde connu du lecteur et s'interroge sur des questions d'actualité. Proche du réel, cette littérature peut souvent être inspirée d'une part d'autobiographie. C'est le cas chez Aurélie Valognes puisqu'elle affirme à la fin de son livre le caractère très personnel de cette histoire. Tout comme la famille Aubert, l'écrivaine a grandi en banlieue parisienne, a vu ses parents divorcer et a connu des personnes de son entourage avec des difficultés scolaires. Il s'agit pourtant bien d'une fiction. La réalité inspire sans doute l'auteure pour son livre, mais n'en fait pas une autobiographie pour autant.

Depuis une dizaine d'années, les lecteurs observent le succès d'un genre en expansion du roman contemporain : le roman *feel good*. L'appellation venue des États-Unis désigne des « livres qui font du bien ». En général, les auteurs qui s'adonnent à ce genre sont des femmes entre 30 et 40 ans qui ont rencontré leur public sur Internet. Aurélie Valognes entre parfaitement dans cette catégorie puisque son premier roman, *Mémé dans les orties*, a en effet connu le succès à travers l'autoédition en 2014. D'autres auteures comme Virginie Grimaldi ou Agnès Martin-Lugand participent également à ce genre romanesque.

Un roman *feel good* consiste généralement en un récit léger où les personnages surpassent des épreuves sans jamais perdre totalement espoir. Malgré les difficultés et les échecs, Gustave n'abandonne pas et finit par réaliser ses rêves. En parallèle, sa sœur à qui tout réussit facilement doit subir son premier échec (être refusée en sciences politiques) pour découvrir enfin sa vraie vocation. Tous deux connaissent les désillusions et les découragements de la part des adultes, mais s'accrochent pour outrepasser la soi-disant destinée qui devait les garder dans la banlieue toute leur vie. La famille Aubert fait également face au divorce et doit se reconstruire après le départ du père. Les évènements tragiques de la vie sont romancés d'une manière à questionner la résilience des personnages et leur faculté à se relever et à persévérer.

Malgré les fins principalement heureuses de ce genre de fiction, ces romans ne se présentent pas comme une idéalisation optimiste de la vie. Les épreuves sont regardées en face et véhiculent aussi des messages sérieux. Tout en offrant une vision positive du monde, cette littérature interpelle le lecteur sur certaines problématiques personnelles comme sur des préoccupations de société. Dans *Né sous une bonne étoile*, le système éducatif traditionnel est mis en question et quelques adaptations de l'enseignement aux élèves sont alors proposées.

La réflexion sur soi-même et sur le monde provient aussi de l'importance de l'identification des lecteurs aux personnages. Le récit présente en effet la psychologie de chaque protagoniste qui joue un rôle majeur dans l'histoire. Le lecteur ressent ainsi une grande empathie pour le héros principal, mais peut aussi se reconnaitre dans les personnalités ou les situations d'autres personnages plus secondaires. Cette identification s'accompagne d'une authenticité et de l'actualité des évènements romanesques qui renforcent le miroir entre la fiction et la réalité du lecteur. Cela explique sans doute la grande accessibilité de ce genre et son succès grandissant. La nature bienveillante de ces romans et la mise à distance des difficultés de la vie réelle sans leur négation équilibrent ce type de littérature à cheval entre le divertissement et la réflexion.

Né sous une bonne étoile construit une allégorie intéressante de ce que peut être la vie et de ce que représentent les romans *feel good*. Lorsque Gustave et sa sœur jouent aux échecs, Joséphine ne comprend pas l'intérêt du jeu. Pour elle, répéter « échec, échec, échec » avant d'atteindre la victoire n'a pas beaucoup de sens. À l'inverse, Gustave y voit la représentation allégorique de la vie. Les épreuves et les défaites ne sont pas inutiles, au contraire, elles servent à apprendre et à devenir meilleur pour se diriger vers le succès et la réussite. Cette analogie renvoie à ce type de littérature qui présente les déboires de l'existence d'une façon suffisamment positive pour que les lecteurs en ressortent grandis et remplis d'espoir.

PISTES DE RÉFLEXION

QUELQUES QUESTIONS POUR APPROFONDIR SA RÉFLEXION…

- Bien que Gustave soit le protagoniste au centre du récit, la narration ne se focalise pas uniquement sur lui. Qui sont les autres personnages à travers lesquels le narrateur raconte l'histoire ? Quels sont leurs points communs et, à votre avis, pourquoi avoir choisi ces derniers et non pas d'autres personnages pour donner un nouveau point de vue sur le récit ?

- Relevez la description des couleurs au fur et à mesure du roman. Quel est le lien entre l'évolution des couleurs et la vie de Gustave et des autres personnages ?

- Gustave établit des ressemblances entre des animaux et des personnes autour de lui. Repérez ces analogies et comment elles servent à décrire le physique et le caractère des personnages.

- De quel animal rapprocheriez-vous Gustave, et pourquoi ?

- Mlle Bergamote mentionne plusieurs célébrités qui ont connu des échecs avant de réussir dans la vie. Connaissez-vous d'autres exemples inspirants ? Pourquoi vous inspirent-ils au quotidien ? Gustave pourrait-il devenir un exemple pour vous, si oui, pour quelles raisons ?

- Comme Gustave en classe, rédigez une dissertation ou préparez un exposé oral sur une personnalité qui a éprouvé des difficultés avant d'accomplir de grandes choses. Demandez-vous quel était son rêve, qui l'a découragé et pourquoi, ce qu'il a mis en place pour réussir et ce qu'il a finalement accompli.
- Reprenez le dicton d'Albert Einstein : « Tout le monde est un génie. Mais si vous jugez un poisson à sa capacité à grimper aux arbres, il passera sa vie entière persuadé qu'il est totalement stupide ». En quoi cette citation s'applique-t-elle bien au roman et qu'évoque-t-elle pour vous ?

POUR ALLER PLUS LOIN

ÉDITION DE RÉFÉRENCE

- Valognes A., *Né sous une bonne étoile*, Paris, Mazarine, 2020, 340 p.

ÉTUDES DE RÉFÉRENCE

- Serena C., « Traverser les banlieues littéraires : entre sensationnalisme et banalité quotidienne », in *Itinéraires*, Vol. 2016 (n° 3), 2017 : consulté le 27 septembre 2021. URL : https://journals.openedition.org/itineraires/3595.

- Thévenet É., « Grimaldi, Valognes, Martin-Lugand... au cœur du succès des romans "feel good" », in *Le Parisien*, 11 avril 2019, consulté le 13 octobre 2021. URL : https://www.leparisien.fr/culture-loisirs/livres/grimaldi-valognes-martin-lugand-au-coeur-du-succes-des-romans-feel-good-11-04-2019-8050383.php.

SOURCES COMPLÉMENTAIRES

- Wicke A., « *Martin Eden* ou le désenchantement romantique d'un écrivain réaliste », in *Cahiers Charles V*, n° 26, 1999, pp. 73-97. URL : www.persee.fr/doc/cchav_0184-1025_1999_num_26_1_1229.

Votre avis nous intéresse !
Laissez un commentaire sur le site de votre librairie en ligne et partagez vos coups de cœur sur les réseaux sociaux !

www.lepetitlitteraire.fr

ISBN version numérique : 9782808024013
ISBN version papier : 9782808024020
Dépôt légal : D/2021/12603/40

Conception numérique : Primento,
le partenaire numérique des éditeurs.

www.ingramcontent.com/pod-product-compliance
Lightning Source LLC
La Vergne TN
LVHW020536160826
845677LV00015B/4094